# ESSORS

*Vincent Thierry - Claire Montagne*

*Éditeur Patinet Thierri*

Harmonia Universum
**Harmonia Universum**
La Création en Action ®

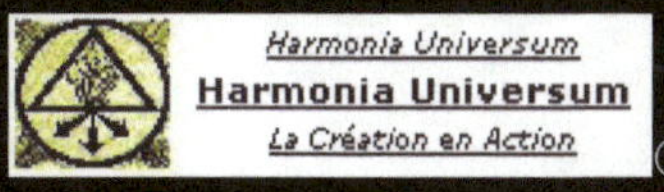

© Patinet Thierri 16/07/1993 06/04/2008 - 2018

© Photos : PALIS MARTINE

© Texte : PATINET THIERRI ERIC

ISBN 978-2-87782-617-4 (3e édition)
ISBN 978-2-87782-577-1 (2e édition)
ISBN 978-2-87782-378-4 (2e édition numérique)
ISBN 2-87782-186-2 (1er édition numérique)
ISBN 2-87782-086-6 (1er édition)

Éditeur : © Patinet Thierri

ISBN 978-2-87782-617-4

# ESSORS

# ESSORS

# ESSORS

Sans rupture des âges et des signes qui s'en viennent, de haute volonté, des terres abyssales, vers le chant de la nuit soudaine où le cœur s'éprend d'ivoirines félicités, nous apparut ce signe constellé des perfections des danses aux schistes légères, générées par les feux antiques qui couvent sous les surfaces la pure ovation du souffle et la candeur domaniale et sans repos de l'Astre du séjour aux confluents des rives qui ne se perdent aux affluents des rythmes dont les essors frappés de mille assauts s'épanchent dans des sites dont la vertu majeure correspond le devenir à propos,

Dont parlent les étoiles dans leurs secrètes divinations, dont les sépales éclosent mille tendresses comme mille desseins, de ces desseins qui sont de l'Univers les agencements sans troubles dont les contes sont les féeries de ces vies qui vont de vibrations en vibrations vers le flot et ses renommées, déploiement aux configurations nuptiales s'abreuvant des délices incertains aux formes épanchées, des fumerolles qui s'échappent en frénésie dans l'éloquence magnifiée des algues sous la nue, en ce site de la genèse où les couleurs s'estompent pour naître la pure autorité de la Nature dans ses incandescences et ses tourbillons frontaux dont les orientations dérivent,

De laves en laves Le déploiement magique des sérénités qui ne s'excluent mais mobilisent toutes formes de l'Azur afin d'en créer la face majestueuse, face de l'ambre aux roseraies de granit et de quartz, de schistes encore dans le corps même de la perfection qui inonde les temples et d'une parure élève leur chant au préau des cimes sous le vent qui paraissent le sort et enfantent dans la pure viduité l'éclair souverain qui vient de ses flamboiements baigner la chrysalide diurne de l'étonnant partage des eaux, celui épousé des œuvres en calice qui témoigne et assigne sans déshérence les lendemains à naître dans le rayonnement...

Dans les fortifications qui se dressent, et libres d'atteintes, définissent les plus nobles aventures du Chant de la Vie, dans la génération de l'œuvre du Vivant qui s'éclôt et se tresse, qui s'embrase et advient afin d'officier dans le renom des âges la désinence de ses fruits d'Or qui peuple la raison du mystère et de ses somptuosités incarnées, révélées dans le souffle et par le souffle, dans l'embrasement qui se veut pérennité du Vœu d'Être au vaste solstice dont les ramifications tendrement s'irradient afin de porter par-delà le vide l'idéal de la forme advenue qui enchante le parcours de la Terre,

Délivre les nuées et s'oriente vers la Divinité Solaire dans une alchimie secrète dont le flux et le reflux harmonisent la destinée, dans l'orbe conquérant qui s'épanche par les mondes et les Univers éveillés, dans la tempête de l'onde à la fois sauvage et tendre des illuminations qui fertilisent le sol de la Terre et de ses souffles, dans la plénitude qui immortalise la conquête du Vivant par les myriades de l'Absolu et de ses enfantements divins, dans la source au front d'Or dont les palpitations écument de mille rêves l'incarnation du signe de la Déité aux marches victorieuses des cils qui forgent les sources de l'Avenir,

Où se dressent les pentes de la pérennité, et leurs sols limpides dans des stances qui s'éploient pour forger des lys avenues les contes du sérail souverain qui, de préciosité en préciosité, élève dans la nuée l'Alysée des diamantaires essors de l'harmonie, enchantement aux verdoiements nuptiaux dont les semis de moissons sont les écumes de la Terre, des rives baignées de langueur par la pluviosité des ivoirines perfections dont les perceptions dénomment les natures aux couleurs éclatantes, d'émeraudes et de passementeries aux écharpes qui se tressent pour offrir au voyageur l'incomparable densité d'Être...

Éclosion des Âmes en l'Âge de la renommée, le sort vécu en son éclat splendide, l'heure vient le salut frontal des aires souveraines, et dans l'algue du zéphyr aux myriades constellées des vagues nuageuses qui s'éclairent de l'immortalité, le Chant se tresse pour couronner dans l'opale du séjour la frise des pentes majestueuses qui se dérivent, des nombres et des souffles de la beauté aux escarpements qui s'enchantent et se naviguent jusqu'à l'horizon précieux, dans des signes chatoyants où les couleurs parsèment l'immensité afin d'éclore l'aquilon de la densité des œuvres qui abondent,

Cristal prairial du bleu minéral les exhalaisons qui s'irradient dans une festivité où les flores s'agitent, s'éploient et se déploient dans la nidation Solaire qui les enfante et les sublime, grenat des sources aux éventails qui se prononcent, s'initient et se ravissent dans la perception des songes et des ondes qui s'émondent de calices diurnes et nocturnes, effeuillés des rêves dont les transes lentement décrivent des mondes habités où les faunes magnifiées développent des Hymnes de Vie, louanges de la Terre et des eaux, louanges du Feu et de l'Éther, louanges encore au corps de la nue qui flamboie,

De la Divinité les mille parchemins qui embaument des senteurs surannées, dessein des demeures qui ne se mortifient mais tendent leurs fronts d'Or vers les sites merveilleux des correspondances qui s'épanouissent dans une mélodie sans fin où s'entend le clair espoir du Vivant par les configurations sacrales de l'harmonie qui se voient, présences, sans naufrage des lys aux multicolores alchimies, par les affluents des sorts de la nuit aux épousées de la Vie qui sont adventices et déjà dans la pure jouvence déclament leur vœu de noblesse par les sillons enfantés de leur candeur assumée dans la gloire de l'assomption...

Inscrit du Verbe dans l'Azur et ses contemplatives demeures, des cieux l'essor de la densité qui d'équinoxes en équinoxes s'émonde afin d'offrir dans la solsticiale désinence l'orbe du séjour gravitant, des stances l'enfantement, iris de la beauté jailli par la vibration intime de l'étonnant partage des éléments, dans le secret de la vertu messagère qui devise la pérenne demeure de l'élan Vivant, nous y voici, et l'aube dans ses fluorescences blondes s'écharpe de soleil pour magnifier le site de cette genèse incarnée dont les états fulgurent les lendemains de naître et de vivre,

Irradiation parfumée aux senteurs souveraines libérant les effluves de la pensée vagabonde dans les plus vastes horizons des draperies colorées où s'achèvent les plus doux soupirs, et où naissent les plus beaux sentiments, de l'appartenance, de la tendre éloquence, toujours de l'Amour majestueux qui sans faillir s'élance, vertigineux vers les cimes adulées des souffles d'ivoire et de satin enchantés par les nuages ourlés de blancheurs lactescentes, éventail du ciel ornementé qui dérive ses douces profusions dans l'Astre du séjour vers les éclairs de la joie dont la jouvence se perçoit dans mille ébats,

De la flore l'enveloppe charnelle des jaspes et des schistes, des signes d'Or aux mansuétudes glorieuses libérant des âges les volutes essaimées de la plénitude et de ses danses, l'ambre volatil distillant en mystère ses nectars opalins dont s'abreuvent les purs éblouissements du Vivant, conjonction des signes qui ne se tarissent mais perdurent au-delà des mélopées dans des ondes légères à voir, surannées des orbes qui s'espacent, puis de nouveau s'enseignent dans le coloris sans masques des amazones éclairées par l'immensité Solaire qui dresse son voile sur toute émotion afin d'en parfaire l'intensité immuable...

## Chant V

Où l'ambre en ses semis devise de noble plénitude l'ascension du firmament, le cœur du jour palpitant l'horizon et ses blondeurs safranées, se dresse le corps de la vertu nouvelle à voir, dans ce chemin qui mène du crépuscule au zénith dans une vertigineuse désinence dont les flots s'agitent afin d'ouvrir sans troubles les heures de l'avenir au doux soupir de jouvence de la Nature éveillée à la perception majestueuse de l'Univers et de ses Chants, volupté du souffle et dessein des mille parchemins qui enseignent les plus vastes espérances par les éblouissements qui voguent les terres essentielles de l'Éternité,

Des rites effeuillés les préhensions des faunes à genoux dans l'ivoire bercé des tutélaires magnificences d'une source tressée d'émeraudes, liens des hymnes qui s'assouvissent de la soif dans leurs essors familiers dont les clameurs montent vers le zénith pour saluer d'un hommage l'éclair de la Vie en ses essaims, haute vague délibérant des rives les flux et les reflux des escarpements aux mousses délicates ouvrées des coloris les plus chauds comme les plus tendres, humus du Vivant aux forges des lianes blondes décrivant en secret des arabesques insinuées épousant les pentes émues de la temporalité divinisée,

Où l'Œuvre s'inscrit, Temple de la prière la plus humble, celle du Sage, debout au milieu des vols de circaètes annonçant les flots torrentiels de l'Océan aux falaises de craies ornementées, prière pour l'instant dans sa luminosité dessinant des éthers aux brumes parfaites qui irisent les contrastes les plus doux afin de naître dans le regard l'intensité d'un partage que seul peut comprendre le Règne Naturel, tant de beauté sans naufrage à l'iris chatoyé, tant de souffle azuré en l'onde du visage animée, écrins souverains élevant les abîmes vers les cimes afin d'offrir à la pure existence son harmonieuse destinée...

Pure autorité du Verbe dans l'Azur, tressé de mille flots dont les sens sont appels, l'orbe du séjour en son suffrage déploie ses oriflammes, et le vent, dans le chant des signes qui se constellent, parfume de ses ardeurs les cimes de cet ivoire naturel, des âges et des rythmes de stances qui imprègnent toute novation afin de dériver dans le champ de l'agir la somptuosité des éclairs de la conscience et les contemplatives désinences qui adviennent l'augure familier de la renaissance en ses parfums et ses ambres de déités souverains, haute volition sans naufrage s'accouplant au sérail de la Vie en ses fortifications,

Des sources en sèves les significations profondes des floralies, du songe le lait nourricier des éclats frontaux de la magnificence qui s'illumine et s'anime afin d'offrir à la puissance l'état de son site éblouissant, de la Vie les principes, de la Vie encore pour les corps assoiffés, pour les chairs affamées, pour ces nombres en sillons qui sont les desseins de l'avenir et dont les mondes sont parures écloses de la renommée aux plus nobles conséquences de la genèse éclairée, œuvre du destin qui s'alimente et s'épanche dans les roseraies des embrasements qui succèdent aux tempérances adventices,

Ourlée des sentes de la nue dans l'onde apaisante des ruissellements qui s'éveillent et bruissent de mille chemins comme de mille règnes, des faunes et des Êtres qui s'éploient aux mille caresses de la nuit fertile qui s'émonde et s'initie, qui toujours s'entrelace des rêveries les plus vastes afin d'épouser les cieux de correspondances aux splendeurs jamais achevées, toujours enivrées, toujours essentielles, dans la promesse de l'éclair qui sillonne les temples et les insinue afin de les parfaire et les naître à la préciosité de l'Univers en ses myriades constellées au-delà des moires aisances qui se suffisent...

Dessein du Règne aux milles parchemins que la Terre enseigne, nous y voici, et l'onde en ses ramifications épousées des sites s'irradie, longe les coursives des mille chants qui imprègnent les étoiles aux blondeurs natives, incurve son souffle par les mille floralies tapies dans les mousses aux lichens bleuis, rampe les vertigineuses ascensions des arbres en fêtes de la Vie, descend des promontoires de l'Azur pour le porter aux cœurs des dentelles égayées des limpidités éployées, affine son sevrage dans l'ordre et la mesure des passementeries dissipées sous le clair nectar des aubes surannées et votives,

Lieu d'assomption, verdoyant et conjoint de l'Astre qui baigne la mesure de toute formalité par les aires traversées, s'engouffre dans le sillon vertueux des plénitudes arborées, lisse et tendre de la venue du jour dans la précarité des crépuscules qui s'étiolent lentement sous les charmes Solaires qui vont éventails à propos pour dissiper l'horizon et culminer le pur état de la beauté dans les semis dont la vision s'éclaire et se parfume, lieu vivant aux formes ourlées de flots armoriés dont les splendeurs s'élancent vers les rives aux roches colorées et sublimes où se tiennent les Ilotes pour engendrer l'éternité,

Là se tient le vœu, là se tient la tenue de la volition, des âges en sources des fluidités des chants qui s'épousent et se félicitent, s'adressent et s'émeuvent, des hymnes qui s'arborent et dans des mélodies suaves et claires ordonnent le devenir, acclimatent le destin, orientent l'Univers, messagers de grands signes qui, intrépides, fulgurent les terres germées pour délivrer le talisman des algues en moisson, au-delà des fugitives errances, au-delà des instances désertiques, toujours plus loin des mondes sans zénith, afin d'œuvrer la félicité du temps qui passe et ne revient, dans l'Amour propice et novateur...

Divinations de fruits vivants aux marches du corail, aux alluvions ouvragés de fraîche haleine, que le souffle désigne dans ses fêtes et ses élémentaires vertus, où l'ambre initie le clair éclair de la volition qui paraît, ordonnée, suave et agitée sous le regard pénétrant des ondes à Midi, que les cieux, enclaves de la pure autorité, désignent et constellent afin de libérer le doux parfum des lys et des valérianes, dans leurs essors accomplis jaillissant les semences de la mesure épanouie, haute vague aux cils animés dont les plaisirs enseignent les moments et l'éternité et du présent,

Dans une pluviosité adamante où les chœurs vont et viennent les plaintes d'un chant mystique afin de lui donner dans une épure extatique l'haleine des nuptiales délivrances qui efforcent la détermination d'être par toutes faces de l'Univers, cycles des Ors souverains aux parfums enchanteurs qui se destinent par l'œuvre aux apogées du rite, noble stature à l'épanchement des écrins, ses gravures, félicités des ombres et des couleurs, viduités des étendues qui s'émerveillent du partage vivant des aubes sous le vent, et du zénith en ses clameurs, qu'ivoire la perception en ses écumes de danses ataviques,

Par les mondes de la nature, danses sous la pluie au signe des mugissements ordonnés par les zéphyrs magnifiés, danses sous la nue aux lisses perfections des charnelles éloquences qu'enivre le parfum des roses, danses encore dans la vêture propice des règnes fécondés où l'iris trouve sa destinée inscrite dans le voile des anachorètes perfections, des flores éveillées aux transes magiques dévisageant les fastes éblouis des heures majestueuses qui jamais ne s'enlisent mais toujours s'idéalisent, insignes de la perception des épanchements talismaniques où les sèves fulgurent des plaines abyssales...

*Chant IX*

Des milles essaims l'espérance de viduité, nous y voici, éclair du souffle composé, par les méandres tactiles qui ne se limitent mais s'embrasent afin de s'iriser dans l'horizon, essences des fruits de l'onde germée aux floralies de la beauté qui se sacralise, essences divines aux nectars d'opales et de schistes alanguis, du flux et du reflux l'orbe léger qui virevolte dans l'azur afin d'ensemencer la tendresse et ses éponymes vertus, heureuse certitude qui se baigne dans l'oasis créée de l'ultime randonnée où le jour prend naissance, où la nuit s'exalte et se partage, où le Soleil pleut l'intime conviction d'une joie éternisée,

Flot éclairé de correspondances intimes perpétuant le renouveau et ses fonctions élémentaires, dans le frisson de la brise souveraine le chemin des cils qui s'ouvrent sur le moment majestueux de ce commencement qui ne se perd ni ne s'ébruite mais se vit dans la limpidité du séjour merveilleux où se retrouvent les fastes de la pure harmonie et les enchantements sans troubles des mystérieuses désinences qui ne s'improvisent mais toujours se partagent dans le silence de la divination qui ne se compromet, du flot vivant animé, état des éclats diurnes et nocturnes qui se prononcent et s'irradient,

Insignes gravitant les terres florales dont la germination déflore les plus belles entités, des fougères en lianes les ruisseaux des chutes aux profondeurs magnifiées, de vifs écrins aux sevrages qui ne s'excluent mais se perpétuent, officiants de rares conjonctions dont les couleurs témoignent d'une luxuriance vêtue d'améthyste, blondeur safranée au jour serein dont les oiseaux convoitent le prestigieux essor dans leurs vols graciles, enivrent par leurs chants mélodieux, par leurs amours signifiés, rives des songes les plus éveillés dans ce règne flamboyant dont les écumes marchent vers un sérail victorieux et fabuleux...

D'iris l'orbe vécu dans ces mille chemins d'ambroisies, aux sources vagabondes des aires traversées par les âmes délétères, le souffle ardent aux roseraies des lys abreuvant leurs densités sauvages et exquises, de la nuit ombrée le site des parures qui se mémorisent, s'initient et se détaillent, s'ouvragent et s'arborent afin de naître le pur sérail de l'aube constellée, dont voici le cœur qu'il nous fût donné à voir, ivoire de passementeries dont les algues fraîches, éponymes, dans un nectar vivant, sont apparition fastueuse des rougeoyantes perceptions d'émeraudes natives du feu, du Ciel et de la Terre,

Essaimées dans la gloire du chemin de naître, non seulement pour paraître mais être dans la préciosité des courses du Vivant, dans l'enchantement des vents salutaires et des odes sans mystères qui se correspondent dans les flux et les reflux des âges qui ne s'improvisent, victorieuses des limbes et de leurs forces anachroniques soulevant des cimes les abîmes pour porter des nuits éternelles sur les rivages de leurs portées et de leurs embrasements, allant de-ci de-là l'ouvrage de la beauté incarnée révélant au-delà des scories en larmes et des sources asséchées, la nouvelle de l'affirmation de vivre,

Lumineuse de l'existence et de ses parures douces, de leurs caresses et de leurs émotions aux chatoiements vertueux, ineffables densités des sens qui ne se rejettent mais toujours s'interpellent pour rompre le silence et composer dans l'ardeur de l'inépuisable source de l'Amour l'éternité énamourée et ses souffles magiques, qu'irise le fruit d'Or dans la volupté des signes, intrinsèque détermination de la volition aux ramures des voilages diaphanes, portées de sèves magnifiées vers le clair éclair de la pensée Solaire qui ne se devise mais s'intègre et se parfait dans la plus pure destinée de l'Harmonie et de ses vagues majestueuses...

Roches d'Iris aux marches du palais, dans leur somptuosité, éclairs du temps présent dont les divinations étonnent et participent aux enchaînements souverains de la Vie, des hymnes perpétués les allégeances à ce moment magique qui sied aux vastes horizons, devisés derrière le flot d'écume argenté qui bouillonne dans la pluie torrentielle des roseraies délivrées, qu'initie le fruit de la Déité dans ses nuptialités diurnes, des cristaux les Chants qui montent des abîmes vers les cimes, des sylves l'écho, et dans les ramures équinoxiales qui se tendent, et dans la pluviosité des schistes qui s'animent,

Sous le vent joyeux des azurs constellés, myriades de l'œuvre naturelle qui éclosent à profusion dans des rites secrets que seuls comprennent les navires fertiles, ces oiseaux de la beauté qui agissent par les vagues mille flux divins aux splendeurs votives, essences parfumées des âges qui s'irradient, s'épanchent et s'attirent afin de naître du corail les éblouissants visages, desseins des préciosités adventices qui vont de nuées en nuées porter le message des flores transcendées, des minéraux harmonieux, des faunes transfigurées, noble parfum d'écume talismanique, noble dans ses couleurs,

Noble par toute forme engendrée par la Déité du souffle, écrin de la Vie, des safrans éclairés aux ondes qui respirent, voguent de villes en villes afin d'essaimer le rythme des signes et advenir la perfection des âmes, rivage en sillon, de haute noblesse par les fronts d'airain qui germent les affections sans troubles, clameurs profondes venant de l'ultime intimité naturelle jaillissant sa source d'Éternité dans une mélodie berçant ce lieu, de toute visitation comme de toute embellie, d'un cœur palpitant, dans une sphère glorieuse dont le Temple épanoui délibère la plus vaste Harmonie, conte d'un sérail d'ivoire...

Porte ouverte sur le Chant, porte majestueuse en ses cycles et ses promesses, dans les caresses du plus beau jour qui vit naître la pluralité des songes de par ce Monde, dans l'onde du moment fertile qui s'immortalise en ses jouvences, dans le seuil éployé des âges qui se fécondent et s'irisent de pluviosités magnifiées dont les ardeurs déploient des oriflammes de bonheur par toutes terres officiées, ces terres de la pluie offerte, ces terres de la joie veillant sur ses armes en délices pour en conjuguer l'essor et l'immense plénitude, dans la désinence de l'Amour qui ne se corrompt mais perdure,

Et l'orbe en ce feu, miroir des cils qui ne s'estompent, miroir des âmes de la Mer qui ne se naviguent que dans le cristal des parures, sans parjure, sans colère, sans drame, ces écueils n'ayant de rythme en l'azur qui se provoque, dans ses constellations et ses méandres qui accomplissent et définissent, dans ses fleuves incarnés dont les coraux splendides annoncent la beauté par les mystiques épures de la senteur surannée des algues sous la nue, hautes en couleurs, hautes en parfums, tels ces parfums d'enluminures qui ne se voient que dans les sites victorieux de toutes épreuves qui s'initient,

Isis sans mystères des paroles qui ne se font rares mais lentement et tendrement s'élèvent vers les cieux pour conter l'immortalité du rite qui adventice s'éternise afin d'ourler de son message la promesse du plus beau souffle, celui de l'éternité en ses moissons, de l'éternité en ses fenaisons, et sous le zénith clair de la pensée Solaire dans le dire sa fonction de l'agir qui ne se détruit mais se partage afin d'initier des plus nobles roseraies la prestance des ovations qui s'affirment et maturent la tendresse du don sacral que rien ne peut détruire sous peine de se détruire soi-même...

Qu'irise le fruit de la Vie dans ses temples et ses moissons, et dans la volonté du jour neuf qui voit naître du Soleil l'écume de l'Été qui est empire de mille aventures aux gréements des navires floraux qui s'en viennent de haute Mer conter les multiples épopées des marins, qu'hier enfanta dans la brume et dans le vent, dans l'épuisement et la reconnaissance des Îles à propos, des Îles souveraines qui sont des âges portuaires aux dimensions des équipages pris de folies et de moissons sous le coup des courants adverses qui s'immortalisent et s'identifient, s'irradient parfois afin de vivre le corail,

Et l'onde en mémoire des cycles de ces espaces, l'onde pure qui s'inscrit sur le front des lianes qui s'épousent, là dans la tenue du plus haut jour, aux marges du couchant, sous le ciel de l'Unité qui flamboie la demeure de l'Être, ici se tient au signe éclos, de vagues amazones, de vagues bruyantes et déferlantes dans la raison des mondes qui s'innocentent, dans la raison superbe des choix qui se rebellent, et dans la tentation et dans la contemptation et dans le désir signifiant qui ruinent les déserts afin d'offrir aux naufragés le cil d'un moment de renouveau, parcours sublime, parcours vivant de l'affine vertu de vivre,

Cantique à Midi sous l'auspice salutaire des feuilles éveillées qui marquent de leurs franges le sérail des fruits de la nue, cantique encore pour les corps épuisés qui déjà se revitalisent et se magnifient sous le partage de ces ans qui mûrissent le pain de la Nature et l'essor de son Chant, où le ciel devient chatoiement et parure de somptuosité, où la terre devient miel et espérance du devenir, où l'eau dans sa clarté profane s'embellit du sourire divinisé, où le vent devient caresse et perpétue l'avenir, ode de l'Univers, inscrit son hommage à l'Éternité dans sa temporalité...

Signes aux marches du palais, de rives éveillées aux mille parfums en moissons qui s'attendent fenaisons, où le Chant est parure de mille mots, de mille verbes, de mille chants, sans abandon de signes en agapes, de songes en états et de rêves de parchemins, qui enseignent les plus belles victoires Humaines sur la Nature et ses ondes mélodieuses, irisation de la volonté de l'Être qui s'avoue souverain par les fêtes en sérails, ces fêtes de la beauté, ces fêtes de la joie qui se renouvellent et se perpétuent en chaque vision de l'Astre qui s'éclaire, en chaque destin qui se mêle et se prononce dans la formalité du vœu,

Qu'initie la volonté dans ses marbres aux élytres bleuis qui voguent vers les cimes de la pure autorité, de la statuaire primitive, ornement de floralies qui vagues après vagues viennent l'épanchement de l'Humain afin d'offrir à ses certitudes l'objet du pouvoir vivant que lui confèrent l'éternité et ses souhaits, dans l'humble désinence et non dans l'orgueilleuse possession, dans la sagesse et non dans la démesure, toutes voies qui ne s'interprètent mais s'interpénètrent afin de donner à la Voie sa forme magnifiée et ouvragée et non défigurée et desséchée, toutes voies qui s'épousent et officient,

Éclairent le genre qui témoigne, éclairent le rythme qui s'impose et expose sa vitale affirmation par tous les flots de la Terre qui se pressent, par toutes les houles des vents qui légifèrent, par toutes forces créées dans la nuit de l'aube et dans le zénith immaculé de la force Solaire qui déploient leurs oriflammes afin d'irradier la pure jouvence par les lieux de Vie, leurs essors et leurs pulsions dont les domaines sont de la nue la viduité, son éloquence participe aux plus nobles secrets qui ne s'atteignent que dans la contemplation comme dans l'action les plus novatrice, celles de la Création dans sa splendide et merveilleuse harmonie...

Où l'onde s'en vient, majeure des rires et des serments, et des âmes sous la pluie d'Or qui songe de plus étonnants voyages, voici venir des lys horizons le feu sacré des ardeurs des moissons, et des fenaisons des corps qui s'irisent en volutes dans de vives désinences dont les blondeurs énamourées s'évanouissent afin de porter au signe le message de la Vie partagée, de la Vie adulée, de l'inoubliable parfum des roseraies qui se déclament et s'enfantent dans la destinée du règne de l'aube aux senteurs exaltées qui, de promesses en promesses, s'identifient à la pure volonté des Êtres de ce temps moissonneur,

Ivre du flot de jade s'écoulant des rives exondées dont les moments s'éploient par les enchantements des parterres qui s'initient, jardins de féeries aux creux des lumineuses perceptions qui naissent des fruits divins le don de l'abandon des eaux signifiées à l'arc des terres qui incante un renouveau libéré aux armes de la nue, pour offrir un sérail voluptueux dans l'orbe d'un bois construit délivrant des pentes le souci du rêve et du songe adulés qui émerveillent et se prononcent pour fidéliser toute évocation du devenir en leurs liens et leurs chants épousés dont les souffles définissent l'identité,

Chemin de l'orbe au firmament menant à l'ivresse aux farandoles les plus prestigieuses, éloquences dont les divinations épuisent les tentations et les désirs afin d'ouvrir sur le parchemin des lagunes ivoirées le lieu de la tendresse et de ses moments uniques dont les splendeurs s'épanouissent sous les ondes parfumées de coralliennes effervescences, desseins de la gloire dans ses ascensions et ses félicités qui ne s'improvisent mais se vivent dans la réalité la plus victorieuse, du Vivant affirmation d'Être et Renaître, du Vivant essor mystérieux des enfantements qui accomplissent...

Des sites l'Azur inexpugnable, qu'ivoire dans la nue la densité des flots et des heures absentes dans le flot de la vie qui s'égrène et s'avance, majestueux et signifié, sous l'orbe des royales effervescences des diaphanes éloquences, insistances des âges qui s'en viennent et s'éprennent pour offrir dans l'essor le signe fulgurant d'une ascension et d'un devenir, ce signe des sites dont le faste lentement éblouit les mystères des Îles en beauté, de ces Îles nappées de fruits divins et de sourires parfumés, de ces Îles sous le vent aux épanchements royaux qui témoignent de lisses appartenances écloses,

Dessein des œuvres qui s'inventent, se caressent et s'évertuent dans la pluviosité des schistes alanguis, aux sèves élancées, aux mille joies qui les accompagnent et se tressent sous les forges de l'Océan sacral déversant en secret ses ramures sur toutes faces des terres éployées, ici et là, des abîmes aux cimes, vertus qui émondent et se convertissent aux douves cendrées des appels souverains qui enchantent et ennoblissent afin de se parfaire dans le jeu de la pure destinée, celle qui s'ouvre et ne se rejette, celle qui s'éveille et ne se lamente, celle qui toujours s'initie Solaire,

Développement du Feu et de ses citadelles, par les messagers ivoirins des lianes embrasées aux jaspes sans tourmentes qui officient par mille lieux l'embrasement chatoyant des délices conjugués de l'essor et de ses fastes, par les préaux sacrés des éternités qui ne se devisent mais se vivent dans la splendeur de l'écume et de ses fêtes, au-delà des mystères ouatés de songes, dans l'allégresse et la vivacité qui ne se destinent mais se communiquent et ouvragent afin d'iriser l'étonnant message de la pérennité et de ses souffles, propos du Chant qui se réveille et dans l'ardeur déjà de l'Absolu s'embrase...

Des ondes claires sous la brume, sépale, l'Ordre s'avance et dans la profusion des couleurs qu'il enseigne, voici venir le vaste Océan, aux promesses en pétales par les sources des talismans et les hautes vagues qu'il prononce dans la pénétration des hymnes et dans la tendresse d'une l'ode, de mille mots comme de mille essaims aux portuaires allégeances du souffle qui s'émonde, aux pierreries qui se tressent d'émeraudes, aux lieux souverains qui ne se targuent de zéphyr, et dans l'Ouest prompt à la réponse, sont orbes du message qui s'en vient par toutes faces, ordonnance des Îles en éclats,

Ces Îles au sourire vierge, ces Îles aux lambris affinés de perceptions qui devisent la pure possession des heures, et le cil de l'Œuvre qui se répond et s'enfante, essaim de fière forge des calices amazones aux forces qui pullulent, s'estompent et s'enhardissent pour déclamer l'horizon de l'aventure nouvelle à vivre, celle de l'entendement des signes qui ruissellent par les sources dont les auspices clairs indiquent le chemin à suivre afin de retrouver l'essor, ce cœur palpitant des nuées aux charnelles exubérances et aux cimes des flots et aux signes des airs dans la parturition des actes,

Dont les mots ne sont que des symboles qui ne peuvent refléter qu'une pâle réalité, la réalité du Vivant étonnant ce verbiage pour apprendre du sein de la Terre les roseraies des cieux qui évanouissent sous les flammes Solaires et les souffles et les prières des souffles, afin d'exonder le silence en ses termes d'allégeances, dessein des siècles qui s'avancent, se précisent et s'orientent, ivres du Chant d'Être et d'essaimer, ivres de ce destin qui s'avance et dont les minéraux ne sont que promontoires, les flores que sentes glorieuses, les fleuves en incarnats que chemins de luminosité, tous menant au Feu Souverain de la Vie...

*Chant XVIII*

Descendant des cimes antiques par les pentes adulées des souvenirs qui ne s'épuisent et participent  la plus douce randonnée du désir et de ses essences, l'Œuvre en semis des moissons divines nous vient, et dans l'Or fluvial des compositions qui ceignent son front d'airain, trouvons-nous le refuge de ses algues solsticiales qui fuient les épreuves pour retrouver la densité de la sérénité et de ses chants, là, dans la clameur à mi-repos des âmes qui se baignent, dans la plénitude de l'enfantement, dans les sources multipliées des voies qui s'exondent et se parlent afin d'irradier le devenir d'un instant de pure quiétude,

Où l'onde sycomore des Oiseaux Dieux ambre la pluviosité des granits qui s'effeuillent et s'épanchent pour ordonner les talismans dans leur éloquence à la pure jouvence des heures, où des signes s'attendent et d'autres s'éveillent, et d'autres encore dans la préciosité des zéniths qui s'embrasent, lentement s'éprennent pour deviser le sort des âmes de l'Océan fervent qui tendrement agite ses houles afin d'offrir un berceau aux bois d'ébène qui rugissent leur altière perfection comme leur souci de vaincre, vaincre pour la Vie, la fortune et la Divinité, vaincre pour vivre et définir le déploiement Humain dans la sacralité,

Dessein de l'horizon bâti qui ne cesse de se signifier dans la mémoire des âges et dans la discontinuité de l'espace sans fin qui cerne les remparts de l'ordre Vivant, les oblige et les invective afin que s'ouvrent les portes qui permettent et la naissance et la renaissance des Êtres par les Temps, des Êtres par les Chants, là où tout se fige, là où tout devient, dans cette limite qui permet d'explorer au-delà de tout événement la parure de la Nécessité et de ses firmaments qui ne s'imposent mais se prennent, s'irradient et s'illuminent sous les flots de l'Action de l'Humain qui ne s'enchaîne ni ne s'oublie...

Où les souffles du Chant s'en viennent dans la préciosité Solaire des événements et dans la densité portuaire des milles flots qui s'alimentent et se survivent, se tient le lieu de toute consécration, et ce lieu dans sa soif de jouvence s'éploie, libre et heureux, afin d'affronter l'éternité et ses sursis, afin de naître la constellation de la beauté et engendrer sa pérennité dans l'Astre du séjour victorieux, ici, là, dans le site du merveilleux où ondoient les sirènes et les pluies d'Or du matin qu'embaument les roseraies des lys aventures sublimes, essaims des gerbes du corail que délimitent les horizons souverains,

De vert éphémère l'état des prouesses en leurs sillons offerts et glorieux, en leurs soifs de vivre et d'essaimer, en leurs corolles destinées qu'irisent les vents majeurs dans leurs profusions et leurs moiteurs, cils élevés aux portiques des temples à genoux qu'ivoire le satin des signes qui ne s'endeuillent mais se portent vers le zénith afin d'ouvrir sur les âges les dimensions stellaires de l'appartenance du naître et d'enivrer, par les sites sauvages et les configurations diurnes et nocturnes des visages sans égarement qui puisent de leurs sources les fleuves de la pure définition de l'Être en son Don,

Écrins des floralies aux votives jouissances qui s'épanouissent et se fertilisent sous les humeurs tendres et douces des nuptiales caresses, des luminosités qui embrasent l'intensité des cieux et des terres sacrées, devisées, déjà miroirs en fusion aux perles douces qui sanctifient les mille mots des plages azurées où s'étendent les navires afin d'offrir au regard non la pitié d'une écume mais la splendeur d'une viduité qui ne se prononce mais se vit dans la détermination de l'aventure qui sied aux équipages les plus braves comme les plus fougueux, Univers des ondes aux mille partages de l'Azur par l'Amour désigné...

Puissance des algues au sourire du jour qu'épanouit la certitude de l'Être au levant des oriflammes qui s'en viennent, et des fruits d'or essaimés, et des chants encore qui se dessinent et se destinent, et dans la volonté des cieux parcours serein des âges mûrs qui se donnent et s'éprennent afin de mieux renaître et perdurer par les semis du vent et de ses moissons, sans doute par les promesses éveillées, sans liens sinon ceux du cœur qui palpite la parure de la luminosité berçant le royaume des vagues et de leurs jeux d'azur constellé, éblouissant le sens de l'éternité et de ses vœux les plus sacrés,

Dans la désinence des âmes de la Vie qui s'égrènent le long des majestueuses incarnations des terres panachées de sables argentés, longeant de corolles les flots des abîmes pour mieux déterminer les cimes et embraser la parure des œuvres ne se délimitant, mais prenant place parmi les cieux et s'ouvrant des chemins parmi les nuages afin d'éclore le verbe Solaire dans sa densité et sa clémence, au-delà des signes taris qui n'exondent plus que des larmes et des flamboiements ternes estompés sous le jeu des souffles de l'Océan et de ses forces, sous la face éveillée du Sage ne s'apitoyant mais concevant,

Les libres partages désignés dans des floralies vivantes qui s'accoutument et se défient, qui s'irisent et s'enchantent sous les eaux claires accouplées dans des incantations divines aux houles fécondées, hautes vagues sans souci, hautes vagues frémissant par les arcanes de la pensée les salutaires évasions qui, d'Îles en Îles, sont nature de remparts offerts aux yeux des maritimes effervescences à la pluviosité du granit et de  la sagesse de l'ambre, des pierreries aux fêtes qui ne se témoignent mais se vivent dans l'adulation des stances et dans la maîtrise des enfantements, florales navigations des ondes de toute renaissance...

insigne des flots, d'une niche de verdure, ambre familier des pierres tressées aux rues en sentes de bois dressés, cette face nous paraît et l'onde de son cri joyeux témoigne de mille frissons qui s'alimentent sur ses aires développées dont les mille âges se correspondent et s'interpénètrent pour nous montrer la Voie en cette foi d'être sur ce site, par ce site, et dans ce site, éclair des heures passées, éclair des heures de l'avenir qui ne se berce mais vogue la fertilité afin d'éployer dans ses méandres les mille luminosités qui lui permettront d'accéder à sa pérennité comme à son devenir,

Dans le souffle clair de la Vie qui insinue au-delà des murs la flamboyance des écumes et la sagesse des eaux bleues dérivant le long des remparts apprivoisés de la beauté et de son miel souverain, danse portuaire des rêveries les plus nobles comme des plus osées dans le langage des signes convenus qui ne s'affolent mais se respirent et se partagent avec le même sentiment d'appartenance, avec le même souci d'assigner le lendemain à la parure somptueuse de l'éclair Solaire embrasant l'immensité et couvrant d'un regard bienveillant le monde de ces lieux qui jamais ne s'abîme aux tourmentes comme aux mélancoliques errances,

Tant de feux en son moment magnifié, tant de joie en ses délibérations, sur ses places, sur ses seuils où ses fontaines sont des jouvences perlant les filets des saveurs de la beauté, qu'il suffit de prendre pour s'en animer, dans le cœur de la félicité et de ses aubes, dans le corps de la fertilité et de ses baumes, dans l'âme de l'éternité et de ses rites, sourire d'un jour, rire de midi, soupir de la nuit, toutes voix écoutées délivrant le signe de vivre dans l'acclimatation de ses ondes, qui dévoilées s'enhardissent et déjà par le jeu des clameurs scintillent et l'espace et la terre afin d'ouvrir un chemin d'immortalité...

Promontoire des rives antiques aux marches du palais, nous y voici, au front de l'Océan vagues en assauts furieux sur les falaises inscrites comme piédestaux de la défense des Êtres par ces lieux, où le vent s'estompe devant les floralies de pierreries amassées par les chants de la Nature aux algues fidèles, goémons des lierres en parcours aux havres de paix qui se fidélisent, lianes des voix cristallines qui s'épanchent, s'assurent et se dévoilent dans la pénétration des odes qui fulgurent, des hurlements aux gémissements, complaintes de la Vie bruissant des paroles émerveillées et d'autres endeuillées,

Toujours dans la nue de la préciosité auréoles des vagues tutélaires déferlant sur le marbre blanc des essaims glorieux où vint tant de navires rechercher la nidation d'un écueil de renouveau, l'eau pure et vive des ardeurs solaires qui brisent les sillons et engendrent la soif la plus humaine de se perdurer par-delà les tempêtes et les éclairs des saisons brutales sonnant l'équinoxe des heures du Vivant, dessein des ambres où le répons devient un bruissement qui lentement se perd dans la nuée des masses liquides veillant le firmament et l'Absolu de toute renommée après l'ardeur sans repos,

Des jades les fronts d'Or se dissolvant dans l'aventure qui se destine, dans le minéral sans équivoque ne s'érodant mais toujours se prêtant aux plus larges sublimations des entendements afin d'offrir dans ses paysages multipliés la grâce de l'élan majeur œuvrant la Vie par toutes faces de l'Univers accompli, haute force se tenant à la rive comme la proue d'une nef victorieuse sur les éléments regardant autour d'elle les fruits de la densité des existants et assumant leur garde tel le mystère des Circaètes qui s'abreuvent de leurs orbes aux matinales efflorescences devisant leur horizon familier...

Ou l'avancée de la Terre s'exprime aux flots, se tient la pointe du désir en ses rebelles conséquences et ses incarnations votives, onde en miroir des lys aventures aux parchemins sans troubles émondant les surfaces des gloires aventureuses pour ne laisser qu'un sillon de pourpre et de soleil dans les chants de l'ambroisie fidèle épousant sous le zénith des firmaments enchanteurs, pluie du corail et gemmes des diluviennes perceptions explorant le fin fond de l'horizon afin de naître des âges les stances des terrestres abandons, ici et là, dans les floralies des flots accouplés dont la genèse éclôt,

Vive couleur et incarnat de la lumière, des cils éveillés aux ondes qui se portent par le tumulte des langueurs azurées aux marches propices des flores abreuvées vivant des germes de corail les présents des cieux délibérant de fenaisons en fenaisons les multiples formes de l'agencement sans trouble qui parfait le Monde des Océans et le Monde des Terres épousées, des miels du feu la cendre de la houle libérant ses moissons pour enivrer les frugalités divines des épanchements des abîmes comme des cimes éployés et déployés dans une chorégraphie somptueuse que l'Oiseau Titan survole de son cœur,

Natif du Chant aux myriades constellées se prononçant d'Îles en Îles sur la viduité des temps et la précarité des heures, aux songes des caresses des nuageuses perfections, aux rêveries ouatées de parfums essentiels, dans la réalité des sens qui fusionnent l'intensité des odes et la fluidité des ondes, là, en ce firmament généré dont les messages vont d'écrins en écrins porter la nouvelle de la génération des signes par les sites, des rites par les rives, dans la novation de la plénitude assumant le merveilleux et ses fantastiques épanchements, œuvre du Chant qui se conjoint et s'abandonne afin de parfaire le lieu vécu...

Du frisson le cœur éponyme, dans les moissons des cieux et dans la vigueur des sérails qui s'accomplissent, l'orbe du signe heureux se tient, et la nue cendrée des ors lambrissés dans les étoiles fauves des moments de bonheur lui correspond pour offrir, messager de noble convivialité, le fruit de ses semences baigné de laves amazones et de cils éveillés, parfums de caresses dont les tendres élans se consument et renaissent des parfums de tendresses qui s'apprivoisent et s'engendrent dans la mélopée suave des rêves ajourés par la clarté du monde de l'Azur et de ses floralies,

Du signe portuaire les floraisons vives enchantées, diamantaires aux marches des roches granitiques éperdues de miels et de gypses que les Oiseaux dansent, d'un vol gracile dont les destinations fulgurent des moments où le merveilleux est un long fleuve traversé par les racines des cieux et de la terre, lave de la mer des plus beaux atours se réjouissant et jouissant dans les lagunes de chrysalides émondées, unifiées et détaillées par les préaux majestueux des routes enivrés que prennent les amants dans la course de leur sépale, dans la Voie nuptiale de leur volontaire certitude,

Initiée au règne de plages de verdures constellées de méandres assoiffés de songes, par les rives hautes des monts en cimes sans oubli, par les lacs sereins où se tressent les mots qui désignent, enfantent et saluent l'offrande de la destinée aux corps en opales irisant leurs fruits mûrs pour déterminer au-delà du vide la conjugaison de l'essor des rites par ces rives moirées d'eaux vives et pures, éclair du Chant dont la prononciation déploie ses oriflammes afin d'ouvrir un chemin par les routes nombreuses de l'Univers, un chemin qui se répond et s'affirme pour vivre le firmament de toute fécondité...

Où le miroir des âges se statufie, ici, en ce lieu, en cette force domaniale, des terres astrales brillent de leurs feux les signes distinctifs d'une apparition et d'un détail souverain, anse où le jeu de la lumière s'en vient sous les caresses du vent drainer des eaux le nectar du flamboiement pour les regards scintillants leur stellaire condition, apprivoisement des surfaces et contrôle de leurs essences, sans troubles sur le levant des dunes entonnant par les constellations un Verbe d'Azur, sans troubles et sans parjures du Vivant, dans un moment éclairant la promptitude d'un essor,

Qu'irise le ciel dans ses étoffes somptueuses, draperies du Couchant aux marches du Soleil dont les éveils fulgurent des vagues lambrissées d'Or et d'Argent par l'éclosion des heures à Midi, salutaires et déterminées, stances effeuillées roulant leurs flancs d'ébènes dans les soupirs de l'onde les réjouissant, toutes voix dans les limbes s'égayant de-ci de-là pour parfumer d'oasis les lévitations du sort et les agencements ordonnés des rives à mi-nues dont les chatoiements percent au-delà des parures les scintillements du flot et de ses œuvres, épures des marches frontales qui se régissent et paraissent,

S'ouvragent d'incarnat aux flores rieuses et tendres éparpillées, comme un miracle, afin de complaire à la densité du jour et ses solsticiales langueurs lors desquelles viennent s'abreuver les faunes en écrins, et les Êtres en chemins, les Êtres aux ondoyantes prestances qui se devinent sous l'écharpe des mots qui se cristallisent, dentelles du soupir et du désir, dentelles sacrées octroyant de vertiges en vertiges des souffles aux pensées les plus légères afin d'affiner le verbe de vivre dans ses prouesses et ses largesses les plus symboliques comme les plus téméraires et signifiées...

Luxuriance sans repos des ouvrages qui se constellent et s'accouplent dans les rêveries safranées des Océans dont les vagues fraîches envahissent les sites et les parcourent afin d'oser la pérennité dans leurs nombres en éclats, ivoire dans les chemins des votives allégeances, aux préaux des algues en sourire, des mânes ne se pressant ni ne se blottissant mais s'élançant vers les cieux pour libérer leurs grappes de lilas dans des frénésies voluptueuses aux ardeurs solaires fertilisant le vivant, l'animant et l'obligeant à la Déité des sacres de l'été dont les sens incendient d'inoubliables sortilèges,

Encore des âmes éprises aux multiples ouvrages qui se devancent, s'appellent et s'éternisent, dans la florale demeure des flots inondant les parcours, allant les menstrues des forces vives aux clameurs sans repos, ces clameurs nues s'ourlant du propre des houles afin d'annoncer dans le sérail de la gloire l'heureuse victoire de leur ascension et de leur joie, l'heureuse certitude enivrée du soir polaire dont les étoiles magnifiées se content les jours et les nuits aux oasis perdues par les lagunes ivoirines où se dressent et le vivant et ses prestigieuses éloquences que rien ne peut tarir,

Ondes sans histoires sinon celle de l'Histoire qui s'épure, s'aventure et toujours s'initie afin de perdurer les talismaniques éventails des parfums engendrés, des bois d'Éden aux cristaux vivants marbrant de leurs fêtes les océans de la splendeur d'Être, où se vivent des règnes et s'agencent des mystères, tous dans le lendemain se parant de vêtures les plus belles pour honorer l'appropriation du don d'Être à nouveau au cycle de l'éternité, ce cycle qui se joue, ce cycle qui se prend, ce cycle qui ne s'attend ni ne s'impatiente dans les ramures des heures qui s'égrènent, perles du corail aux jades embellis...

Cils en pétales des marbres stellaires, le regard s'éveille dans la Déité du terme et se tourne dans l'Univers passant de l'Histoire et de ses pouvoirs, dessein de vagues nuageuses qui furent à propos les enseignes des plus grands capitaines venus naître des Îles en serment les plus beaux continents en leurs ramures incarnées, non seulement d'être en un lieu mais de tous les lieux le principe sous les auspices de Mars que Vénus blondie de marges sans regrets à l'ouverture frontale des plus nobles espérances se devant pour l'élue et ses mystères, initiée du règne dans ses souffles tressés,

Des Mers Antiques au front de l'Océan salutaire statuant de la raison sans équivoque les douces transes du miel en repos aux larmes de l'Oasis ployant sous les éclairs solaires ses féeries, diluvienne perception des âges ne se reniant, diluvienne source aux épanchements qui lentement insinuent dans les courses de la terre la rosée des flores géantes parsemant de leurs essences les cris passants et les errances devenues, parcours de sillons, parcours de fêtes et de joies, parcours encore où les chagrins dissipés allument dans le ciel des festivités nocturnes dont la douleur absente témoigne,

Des Âmes sans repos aux hivernales langueurs, voguant le précieux écrin fidèle du conte des cœurs encore aimés, de ces cœurs qui ne se taisent, de ces cœurs qui n'espèrent, mais toujours regardent au-delà des fronts Océaniques le contour des fastes minéraux pour comprendre le merveilleux et installer dans leur seuil au-delà des ruptures tragiques le sort de l'émotion ne se brisant sur les lames du couchant, mais toujours se dresse pour affronter la vertu du Levant et de ses origines magiques, labiales et ataviques, origines sublimes des lieux dont les ornements fractals sont des rives admirables...

*Chant XXVIII*

Altière définition du nom d'Or dans le sacre, des germes d'ivoire aux
crépitements des vents façonnant la beauté et sculptant la densité précieuse
des algues sous la nue, l'ivoire est en ce feu et ses volutes précises irradient
pour porter à nos sens le souvenir et l'éclosion des désirs  ne se dérivant
mais se vivant, course précise des rires aux serments divins, course d'un
sourire aux fastes des enchantements délibérant les multiples pouvoirs des
Êtres dans l'ordonnance de leur gravité comme de leur félicité, baignés leurs
rives du fruit des gerbes de blés couronnant la destinée des heures animées,

Nous sommes en onde de cet aquilon, et ses fruits lourds de promesses, et
nos vœux tutélaires dans la moisson du séjour déjà se délivrent aux clairs
sillons devisant leurs forces par les stances de nos randonnées
contemplatives, là, sous ces arbres mystérieux dressant leurs parures par
les chants des Océans, livrant des signes la portée de mélodies où nos cœurs
palpitent un moment mystique, ivre du bonheur qui ne se côtoie mais
s'apprend et se prend dans la pluralité exonde dont les majestueuses
incantations cernent les silences et magnifient les phrases, verbes en
essaims survolant l'éternité et son unité,

Irisation des pluies vivantes aux franges des rives alimentées, irisation des
pluies d'ivoire roulant aux frémissements des algues sous le vent, irisation
encore dans les houles témoignées et accomplies au firmament des ondes ne
s'excluant mais allant, adventices, pour offrir aux regards de l'âme la
prestigieuse éloquence de leurs flammes lumineuses, inextinguibles si tant
l'ardeur en leurs préaux auréolés des nacres sauvages tressant leurs émaux
de purs flamboiements, inexpugnables si tant l'énamoure en leurs chants,
tendres mélopées désignant les forces en leurs états de vives magnificences
exclamées...

Et dans l'astre du séjour, aux merveilleuses candeurs des soieries d'éden témoignées par les cieux, l'ivoire et sa certitude s'en vont renaître les désirs incarnés de la fidèle incantation où l'orbe en sa fonction déjà se nature pour ouvrir sur le large le cil d'un éveil étonnant, partage des roseraies des âmes enseignées vibrant à pâmoison l'essence de leurs accueils et de leurs chants égrenés sous les silences et les écharpes des nuageuses perceptions devisant l'intensité d'un savoir et la magnificence d'un destin, où l'onde en ce jeu est diurne écrin d'une joie lumineuse éployée dans des ramures sacrales,

Heure nouvelle à voir, heure douce du plaisir des yeux et de la communion des sens dans la splendeur votive des enchantements du parcours des ardeurs et de la prêtrise des serments, toutes voix agencées dans une architectonie sans failles s'élevant vers la nacre des miels et la moisson des rêves, sans allégeance, sinon celle de la portée des songes qui effeuillent les nocturnes éventails des prouesses azurées, de vagues en sérail, fenaisons du sort flamboyant la divinité des messagères efficiences, ici, et là, dans la source ultime de l'abandon marquant de son feu la cristallisation du don,

Heure vivante dont les flots perçoivent la pure existence dans l'hymne des parures tressées, dans la mélodie des cœurs épanchés, dans le zénith des œuvres claires se donnant et s'immortalisant, préciosité des âmes dont la joie illumine et enivre, heure douce des préhensions de la nue à la gloire des cils se révélant et se joignant afin de parfaire la communion des Êtres dans leurs secrets les plus beaux et les plus tendres, dans leurs mystères les plus nobles comme les plus accomplis, dans leurs enchantements les plus suaves et les plus magnifiés, que lyre le conte de la pluie d'Or...

Dans la nue souveraine des heures à midi, dans le moment superbe et domanial des lys horizons, tresses se tiennent les bois de la nidation sacrée, et l'œuvre en leurs passementeries d'ébènes, tendrement s'éclôt pour assigner le firmament aux plus vastes plénitudes que l'entendement ne reconnaît mais que l'enchantement façonne et dessine, victoire sur le visible, gloire de l'invisible, où les sens de l'Être, en son moment, s'épanouissent et s'irisent des émotions les plus étonnantes, desseins de l'orbe en ses miraculeuses destinées, où l'épure dans ses gravures exprime toutes latitudes des fonctions vitales gravitant l'éternité,

Passant du signe, où l'Être aux marches des Mers d'émeraude lentement s'insinue et dans les houles lactées de ciselures argentées, témoigne de sa reconnaissance pour l'Univers qui lui tient lieu, dans le souffle vivant affirmant sa possession, et au-delà de sa possession par le fruit des clameurs épanchées, le sens de l'hommage le plus doux à la création qui l'émerveille et l'anime, ivresse fabuleuse délivrant les ramures de la pérennité par toutes voies de l'ascension sublime le mutant au sacerdoce de la pensée fractale ouvrant l'horizon sur les aventures les plus fécondes des réalités embrasées,

Statuant les fastes et de l'avenir et du devenir en leurs jeux de couleurs essentielles délivrant des atteintes les promontoires de la pure viduité, haute face des serments ne s'ignorant mais idéalisant, dans une vaste marche de coralliennes déterminations fulgurant le sens de la Vie en ses émois et ses approches, en ses splendeurs et ses navigations stellaires, dont les nefs sont les écrins de purs joyaux qui disent les flots des Univers conquérants, bâtis et sevrés, dont les fronts d'Or sont parures étincelantes des rêves les plus éveillés, Îles en essaims forgeant des sources des fleuves incarnés et créateurs...

Dentelles en chrysalides des sources vives qui ne s'ignorent, aux parfums enchanteurs des ruissellements de la Vie se parcourant et s'insinuant jusqu'aux plaintes les plus ivres comme les plus douces, ces plaintes de la nuit, ces plaintes du jour, ces plaintes en corps façonnant les plus beaux élans de la nue dans ses corolles et ses serments animés dont les floralies sont prestiges et majestés, danse des pleurs et danse des rires dans leurs calices d'émotions où se retrouvent en nidations les miels les plus nacrés, les rosées les plus illuminées, toutes voix de la parole mage inscrite,

Voix en chœur, voix en corps dont les élytres par les cils s'exclament de jouvence, irradiant la luminosité des stances de la beauté par les mille parchemins des féeries qui s'inventent et se colorent des senteurs aux moiteurs adulées, devisées et déifiées dans la prononciation des aires sans repos enfantées et générées afin d'ouvrir sur le temps des routes majestueuses venant l'écrin des Univers et de leurs renommées exaltées, voix en signes dont les puissances fulgurent les temples de la Vie, voix en forces dont les tumultes ouvrent les portiques de l'immensité et de ses annonciations Solaires,

Mânes à propos des écharpes délivrées dont les fruits sont les gerbes du lendemain à naître, ces gerbes immaculées fertilisant les clameurs des roches épousées, grenats des âges aux visitations éclairées libérant de volutes les floraux éclairs ouatés de règnes qui s'avancent et demeurent afin d'éclore le poudroiement de l'éternel Renouveau, irisation en la pluie d'Or, irisation en la nue tendre, irisation toujours renouvelée dans le flamboiement des équinoxes et des solstices se partageant l'immensité des œuvres des Univers qui témoignent de l'intensité du flux vivant et de ses ordonnances majestueuses...

Mais voici que l'onde descend des ramures incertaines dans l'éblouissement fauve du crépuscule qui s'annonce, et l'Oiseau-lyre dans sa vêture d'été précoce, l'Oiseau ivre inscrit le passage de son vol dans l'Azur d'un serment, noble écrin de l'appartenance des airs étoffés de sa prestigieuse renommée, il vogue, talisman des âges, l'onde des jours fuyants, l'onde des mots s'éternisant, l'onde superbe des étendards glorieux vibrant à pâmoison ces flots qui sont de son parcours, qui sont de sa lumière comme de son éternité, qui sont lui-même aux féeries des agencements sans troubles,

Qui guident les rayonnements de ses incarnats stellaires et magnifiés, orbes du séjour acclimaté, dessinant sur la sphère de ses messages les voix précieuses enchantées, ces voix d'or et de pourpre dont les vivantes affections s'élancent vers l'infini afin de naître la parure de la Paix par tous les horizons, par tous les Oasis où, fruit maître, il tresse le signe portuaire de la Déité et de ses flots émerveillés, danse des sites aux exaltants sevrages baignant dans les cieux leurs corolles assoiffées d'ambre et de myrte, au-delà des suavités incertaines des rebelles incantations qui s'oublient et se déterminent,

Destin des heures épousées, destin des signes alanguis et d'autres encore qui deviennent des ondes aux souffles de l'ardeur consumée, destin toujours dont le regard s'imprègne afin de naître l'intensité de leur ouvrage le plus pur, par les sites aux fresques apparues par les rives dont les chants culminent les propos et irradient dans l'immensité afin d'éclore la prestigieuse éloquence de la Vie en toutes ses définitions vécues et à vivre, en toutes ses ramifications venues et à venir, en toutes ses constellations déployées et enivrées, promptitudes des ors qui se cisèlent pour bâtir la quiétude...

*Chant XXXIII*

Ainsi le Chant dans le signe des Îles en promesse, le signe des voies qui se dressent et s'approprient dans le langage des heures et dans la félicité des jours et des nuits épanouies, ainsi la Vie dans ses arcanes et ses fabuleuses ascensions, la Vie dans ses tumultes et ses pâmoisons, ses recueillements et ses discernements, toujours en marche vers la lumière et ses essors, toujours en rives des désirs et des promontoires des saisons pour offrir au passant le pur talisman de son éternité, ainsi l'hymne de la clarté qui lentement s'étreint pour ne plus jamais s'oublier dans les semis des anses sauvages et acclamées,

Lorsqu'au Soleil couchant se tresse l'avenir des lendemains à naître, à prospérer et enfanter, dans ce jeu des frondaisons qui tendrement s'enlacent afin d'évertuer le monde des avenirs et de leurs gloires essaimées, dans le lac de la beauté émondé de ses artifices pour signifier l'humilité du songe et la candeur du rêve aux auspices souverains de la Déité de l'Être en ses parcours et ses floralies votives, dans le signe propice de la rencontre de l'espace et du temps qui s'étoffent de ces Univers se précipitant vers de victorieuses destinées dont les ambres sont parfums et senteurs du devenir,

Ainsi, Navire en partance, l'Être en ses ramifications se tresse pour ouvrir la page du livre du Vivant après l'accueil de l'Île magnifiée où son œuvre de naissance toujours restera comme le plus pur hommage d'un Être pour la Terre de sa genèse et de son existence, alors que la nuit tombe sur ce qui fût et que demain révèle à l'aube magnifique non seulement de l'espérance mais de la parure Solaire venant toutes sources aux flots majestueux de sa vitalité et de son affirmation, alors qu'insigne, le souffle de toute Vie traverse son Chant pour porter son hymne par toutes faces des Univers et de leurs lieux d'éternité...

Remerciements…

D'Îles vécues le mot d'azur nous est venu dans la portée des vagues dont les couleurs franchies témoignent de l'intensité des flots qui s'animent et s'évertuent, et ici adressent tous les remerciements pour la moisson éployée pour Claire Montagne qui nous fût révélée...

Table

# ESSORS

A Le Pecq
16/07/1993
06/04/2008
Photographies
Claire Montagne
Textes
Vincent Thierry
Royan
2018
Vincent Thierry

*HORIZONS*

Ivoire

D'Histoires nouvelles

D'Orbes

Stances


*SOLSTICE*

Idées

Âme Française

Expressions

Solstice


*D'UNIVERS*

D'Iris

Démiurgique

D'Azur

Flamboyant


*REGARDS*

D'un Ode Vif

D'une Gerbe de Soleil

Du Songe

Du Savoir sans Oubli

Que l'Onde en son Respire

Que l'Or Solaire

Qu'azur le Cristal

Du Souffle Vivant

De l'Harmonie

*ISTAÏL*

Cygne Étincelant

Âme de plus pure Joie

D'un Âge d'Or Renouveau

Par le Ciel Symbolique

De l'Être Universel

Règne d'Or Liquide

De toute Luminosité

*UNIVERS*
*(Shows artistiques informatiques – CD/DVD)*

1992-2018 : Univers I à XXXIII
2007 : Univers Film IDDN.FR.010.0109063.000.R.P.2007.035.40100


*ÎLES*
*(Films CD-DVD)*
Est Ouest
Atlantis
Fragments
Rêve Corse

*MUSIQUE*
*(CD-DVD)*
Émotion
Mystica

*Éditeur Patinet Thierri*

*http://harmonia-universum.com*

*Impression*

*http://www.lulu.com*

www.ingramcontent.com/pod-product-compliance
Lightning Source LLC
Chambersburg PA
CBHW042135120726
47911CB00022B/68